KB070943

따뜻한 밥상

따뜻한 밥상

초판 1쇄 2021년 6월 15일
지은이 정진호
펴낸이 김영재
펴낸곳 책만드는집

—

주소 서울 마포구 양화로 3길 99, 4층 (04022)
전화 3142-1585·6
팩스 336-8908
전자우편 chaekjip@naver.com
출판등록 1994년 1월 13일 제10-927호
ⓒ 정진호, 2021

—

—

ISBN 978-89-7944-763-7 (04810)
ISBN 978-89-7944-354-7 (세트)

책 만 드 는 집
시인선 170

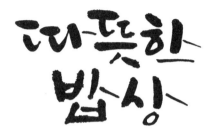

정진호 시조집

책만드는집

이모작 시작하는 출발점에서
설레며 묶습니다.

하늘은 맑아도 너무 맑아서 밉지만
고운 인연 소중히 간직하며
다시금 가슴 뛰는 나를 찾아서
나래를 펼치려 합니다.

걸어온 길이,
사슬에서 풀린 사연들이
탈탈 털려 세상에 나왔습니다.

묵은 체증이 확 내려갑니다.

2021년 초여름
정진호

| 차례 |

2부   내 사랑
몇 잎 따다가

3부   누구든
날 건드려만 봐

4부 때맞춰 비가 오고
볕순도 살이 올라

5부 거품까지
물고 나온다

1부

모로 굴려도
사는 길이 둥글다

호박

꽃 필 땐 호박꽃이라 눈총을 주더니

누렇게 익어가니 눈독을 들이네

너처럼
나도 익어서
눈길 받으며 살고 싶다

친절

세상엔 원금보다 이자가 더 붙는 게 있지

너도 지금부터 차곡차곡 모아보렴

그러면 박하사탕처럼 기분이 좋아져

사람들은 나누는 기쁨이 얼마나 큰지를 몰라

우울할 때 꺼내 보면 기분이 정말 좋아져

베풀면 기쁨이 되는 즐거운 통장이야

ㅋㅋㅋ

구어체 말머리에 느닷없이 튀어나온

새로운 추임새가 파동을 일으킨다

ㅋㅋㅋ

삶에 지쳐갈 때

함께 웃고 가자는…

길을 내다

오던 길 자취도 없이 쓸려 간 썰물의 시간
갯고둥은 물길 따라 점점이 원을 그린다
서늘한 어둠을 뿌려 자리 트는 별 보며

멈추지 않는 딸꾹질처럼 파도는 들썽대고
아슬히 등이 굽는 어부의 늦은 귀가 위로
눈시울 붉어진 바다가 어둑어둑 술렁인다

별빛이 날을 세워 나붓나붓 눈을 뜨면
내 안의 끊어진 돛대 수평선에 매어놓고
다 저문 시간 속으로 환청 같은 길을 낸다

따뜻한 밥상

아내의 일상은 늘 보글보글 끓는 된장찌개

33년 대접받고도 고맙다는 말 못 했다

사는 일 버거울 때마다 일으켜 준 따뜻한 밥상

손수 지은 오곡밥에 입맛 나는 찬들로

밥상을 차린다, 정년을 눈앞에 두고

온기가 자르르 흐르는 사랑 깊은 온도로

무당벌레

커다란 차 지나가면 출렁이는 오후 나절

낙동강 다리 위에서 두어 시간 머물렀다

춤추듯 무당벌레 날아와 손끝에 내려앉네

넌 넓은 세상으로 가렴, 날개가 있잖아

저 넓고 푸른 하늘 날고 싶어 날고 싶어

파르르 무당벌레 날고 꿈을 꾸는 난간 위

기호로 본 인생

인생은 부호이다, 끊임없이 계산한다

묻고(?)

느끼고(!)

짬을 내서 쉬고(,)

기쁜 일은 더하고(+)

좋은 일은 곱하고(×)

괴롭고 슬픈 것은 빼고(-)

과감히 나누고(÷)

마침내

마침표 찍고(.)

한 생을 마감한다

몸살

밤이면 산짐승처럼 온몸으로 울었다

막막한 칠흑의 밤 텅 빈 가슴 움켜쥐고

자꾸만 되감기는 넝쿨 안간힘으로 들춰내며

그렁그렁 마른기침 하늘마저 빙빙 도는

양지 녘 수척한 얼굴 번져가는 하얀 밤

누구가 나의 등골에 적막이 살 쏘아댄다

바람의 노래

한때는 푸르렀고 한때는 붉었던

아득한 떨림의 시간
가을볕에 비칠 때

오롯이,
살아온 이력들이 세월을 넘나든다

그랬다

그랬다,
저 바람이
씨앗 하나 품어보려고

그랬다,
저 냇물이
예쁜 돌 하나 다듬어보려고

그랬다,
내가 그랬다
기둥 하나 세워보려고

강아지풀꽃

든든한 몸통 하나 갖지 못해 살랑대는
바람개비 날개 같은 풀잎들이 밀어 올린
곧아도 꺾이지 않고 흔들리며 사는 풀

꺾이지 않음이 생의 목표일까
미풍에 반응하며 곰살맞은 강아지처럼
제 줏대 아랑곳하지 않고 터 잡으며 피는 꽃

그믐밤 달맞이꽃 엷은 달빛을 닮고
나팔꽃 화르르르 아침 나팔 울릴 때도
판자촌 모퉁이에서 뽑힐까 꼬리 치는 풀꽃

신호등

저 멀리서 숨 가쁘게
헐레벌떡 달려왔는데

무엇이 그리 바쁜지
깜빡깜빡 숫자를 센다

이젠 좀
에돌아가면 정말 안 될까요

몽돌

밤낮 푸른 물에 몸 씻고 마음 닦아

성깔도 다 버리고
제 모습도 동글동글
돌돌돌
모로 굴려도
사는 길이 둥글다

어떤 풍경

보던 책 눈을 떼어 귀로 읽는 귀뚜라미 노래

내가 남길 풍경도 저리 고운 노랫말이라면

못 이룰 사랑이라도 아름다운 죄 짓고 싶다

길

돌아보면 후회할까 앞만 보고 달렸다

끝없는 그 길을 멈출 수 없는 그 길을

때로는 잘못 접어들어도 돌아갈 수 없던 그 길

삶은 언제나 허가받지 않은 난전

한 호흡 쉬어 돌면 또 면면히 이어진 길

사는 게 공空인 줄 알면서 매달리며 걸었다

2부

내 사랑
몇 잎 따다가

당신

봄은
꽃이 먼저라며 꽃대로 말합니다

가을은
잎이 먼저라며 분단장을 합니다

하지만
내 마음에는
당신이 첫째입니다

그런 마음

책 읽어라, 공부해라 그래야 잘 산다
부모의 허기는 책 속에 들어있다

아득히 흔들리는 길 희망고문 당한다

침대에 껌딱지처럼 달라붙어 살고 싶다
아이의 그 말에 왠지 모를 미안함에

다잡아 강요하지 못하고 그냥 방을 나온다

꽃가지와 소금꽃

앞섶이 손수건인 줄 내 정녕 몰랐어라

눈물샘 마를 날 없던 어머니 무명 품에

늘어진 꽃가지 하나가 흰 어깨를 묻는다

가풀막 잔돌밭을 일궈온 아버지 옷은

하얀 땀으로 소금꽃이 피어났고

서둘러 떠난 발자국도 곳간 곳곳 남겼어라

그믐달

추월산방 통나무 창을
갸웃 넘은 그믐달

궁색한 방 안 가득
빈 배로 흘러와서

저릿한
어머니 생각
구붓하게 풀어낸다

죽장사 오층석탑*

별들이 절 마당에
소복이 박혀있는 밤

저 탑을 돌고 돌아 당신에게 갈 수 있다면

가만히
범종 소리에
두 손을 모읍니다

* 경북 구미시 선산읍 죽장리 소재(국보 제130호).

아버지의 기도
– 수능을 앞두고

흔들리며 달려온 숨 가쁜 이 초조함이

한순간 길을 놓친 아이의 아픔인가

포개어 맞잡은 두 손

간절한 눈빛 기도

예고 없이 끊어진 길 어린 영혼의 하얀 무늬

설익어 달린 상흔 훈장인 양 갈무리고

아내여 하얗게 타는

이 마음이 보이는가

아찔하게 날 선 나날 봉합된 시간 속으로

백열등이 타고 있다 가슴살이 타고 있다

오롯이 어둠을 뚫을

저 환한 생의 날갯짓!

지게 작대기

받쳐주지 않으면 스스로 서있을 수 없듯이

짧으면 앞으로 넘어져 코가 깨지고 길면 뒤로 넘어
져 뒤통수가 깨지는
등지게 작대기와 같은 고된 삶의 여정이어도

너희들 지게 작대기로 살아가는 이 행복

첫 단추

낭만의 학창 시절 마침표를 찍었다
칩거 1년 6개월 아내의 기도발로
빡빡한 스물일곱에
평생 입을 옷 구했다

우화를 꿈꾸며 공시생의 허물 벗고
절도록 입어야 할 옷에 첫 단추를 끼웠으나
첫 월급 받아 든 순간
눈앞이 아찔했겠다

방세에 학자금에 잔고는 바닥 치고
약속한 용돈은 항번 한 번 못 했어도
그래도 엄마 아빠는 춤이라도 추고 싶다

밤꽃

새로 벙근 꽃가지를 꿈꾸듯 내려다본다

사내로 건너가는 길목 그 어귀를

지나온 다른 사내가 밤꽃 향을 맡고 있다

풀다 둔 수학책은 판화처럼 펼쳐있고

꿈꾸는 저 환상이 밤하늘 메아리 되어

폭죽을 펑펑 터트린다

열일곱 사내 방에

눈썹 문신

당신은 어느 해안 뻘밭을 매다 왔나요

어느 별 어느 산속을 헤매다 왔나요

어머나
빛나는 눈썹달이
당신 얼굴에 떴어요

시간의 전문

바람에 헝클린 듯 일월에 시달린 듯
주름 깊은 근심살
서리 진 올올한 시간

무심히
바라본 아버지
가슴 뭉클합니다

"집에는 별일 없냐?"
"네, 별일 없습니다"
짧게 나눈 한마디가 모든 것을 말해주듯

환하게
세상을 환하게
밝히시는 아버지

저 한 올 흰 머리카락 거룩한 삶의 여정
아들이 아버지 되어
깨달은 이 순간

쓰다 둔
나의 자서전에
필설로 남깁니다

만월이다!

서쪽 하늘 초승달이 하늘 깃을 찢고 있다

하루 이틀, 사나흘 보톡스를 맞더니

보름째, 뺑 하니 하늘에다

금쟁반을 거셨다

낫자루 서늘하도록

땀구멍 깊고 깊다

허리 휜 아버지가 복사꽃 못 본 척하시더니

등 뒤로 굵은 웃음이 달덩이 되어 따라온다

마당 가득 좌르르 화광禾光이 쏟아진다

기어이 가을걷이를 끝내신 아버지가

달덩이 들여다 놓고선 허리를 쭉 펴신다

똥꽃*

감자 놓던 언덕 밭에
진달래 피었더니

방바닥 여기저기
묵은 된장 같은

똥꽃이 활짝 피었네
검버섯 핀 엄마처럼

어릴 적 내 봄날은
둑 터진 논두렁처럼

어머니 근심 걱정 주워 담는 보릿자루

신산辛酸한 모진 세월이

고스란히 담겨있네

창창하신 어머니 그 시절 그때처럼
고색창연 봄날이 방 안에 가득하게

내 사랑 몇 잎 따다가
꽃이 되게 해야지

* 글 쓰는 농부 전희식의 대표작에서 인용.

가시버시 사랑

곤히 잠든 밤 걸려 온 새벽 전화 한 통
엄마가 아파요, 아빠가 보고 싶대
한숨도 못 잔 눈으로 KTX로 달렸다

퀭한 서로의 눈빛 반가움이 묻어났고
이제야 하는 딸아이의 안도가 읽힌다
어쩌나 오월의 숲은 아가 손짓 같은데

생살을 째고 나면 믿음 하나 늘어난다
콧날이 찡해오며 아려오는 생의 열망
봉긋이 솟은 말 대신 두 어깨를 감싼디

홍매화 필 무렵

묵은 겨울을 턴다고
법석을 떠는 토요일 아침

귀에 대못을 박고
시집을 펼쳐 든다

홍매화
보다 못해서
입술을 깨문다

환한 슬픔

간다는 딸의 말에 마음이 바빠지고
손길만 스쳐도 눈물이 날 것 같은
낯익은 장모님 체취가 비닐봉지에 담겨 왔어요

사랑이란 화려한 수식어가 아니라
꾹꾹 눌러 담은 보따리 같은 것
갖가지 나물 반찬이 마음 한편 채워요

어머니 계시는 하늘에도 봄은 왔나요
쑥, 냉이가 제맛 내는 새봄이 왔어도
어머니, 손맛 같은 봄은 자꾸만 멀어지네요

3부

누구든
날 건드려만 봐

후유증

빈
하늘
한 바퀴
팔랑이다 느닷없이,

가슴 언저리
파고드는
은행잎을 보셨나요

쟁여둔
사랑 하나가
시나브로 떨어질 때

할미꽃

1.

젊을 땐 예쁘던 꽃이
환장하게 예뻤던 꽃이

저기 저 할아버지 무덤 앞에 피었는데

보는 이
가슴 짠하게
흰머릴 풀고 있네

2.

청명에 아들 내외와
기별 없이 찾아왔건만

할멈은 어이 알고 재 넘어 마중 나와

수줍게 고개 떨구오
봄바람이 정겹네요

3.
울 할배 어딜 가나 여자 복은 많은 겨

한식이라 할머니와
한걸음에 찾아뵀더니

그 버릇
못 버리셨네
묏등에 핀 할미꽃

하악하악

어둠을 가르며 나를 찾아와서,

누가 보면 어쩔까 저어하는 기색 없이 내 몸으로 올라와 엉덩이를 발랑 까고는 선홍빛 여린 살에 촉수를 뻗어 넣고 일 보자고 치근거리는데, 잠자던 매미가 부끄러워 파르르 날개를 떨다가 하악하악 달뜬 소리를 내고,

어쩔까? 요 궁리 조 궁리로 가슴이 녹는 밤, 아랑곳없는 고것은 제 일만 보는데, 이때 옆에 있던 내 사랑이 이를 지켜보다가 질투심에 눈꼬릴 한껏 치켜올리더니 눈을 허옇게 핵 뒤집고 부릅떠 나짜고짜 내리쳤는데, 육시랄, 고것이 잽싸게 줄행랑을 놓아 볼썽사납게 내 볼때기만 얻어맞았지, 놀란 눈엔 무수히 별이 뜨고 열이 펄펄펄 끓는데, 그래도 언감생심 분풀이는 꿈엔들 할 수 있으리

울컥하는 심사에 빨딱 일어나,

쌍심지를 켜고 사랑을 힐끗 한번 훑고는 간 곳 모르는 고것을 찾아 헤매는데, 아 글씨, 달은 이지러져 새벽이 밝아 밤새 마실 간 과부가 고양이 쥐걸음 할 시간 아니겠어

오밤중 고것이 나를 찾아와 수작을 거는 통에…

벚꽃 핀 거리

춘정에는 약도 없다
도톰한 꽃술들의 반란

농익은 속살로
단추가 풀리고

뜨겁게
달아오른다
19금 영화처럼

벚꽃 핀 거리마다
유혹하는 봄의 정령

무장해제 당한 저 여자들
흔들리는 동공들

겁 없이
함부로 탐하네
발가벗은 봄의 몸피*

* 김보람 시인의 「벚꽃의 신비가 한낮을 끌어당긴다」에서 인용.

우야꼬

흰나비 날아오는 착각 같은 여름날

햇살의 눈부심이 속살처럼 고왔다

우야꼬, 한참 동안을 눈 꼬옥 감았데이~

만나면 치맛자락처럼 심장이 펄럭거렸고

쳐다만 봐도 눈이 부셔 입술이 다 떨렸다

우야꼬, 불두화 고운 것이 날씨 탓만 이니데이~

나무젓가락

뜻 맞아 두 허리 합하니
두 다리가 나란하다

벌리고 죄는 것은 내가 할 테니

깊고도
은밀한 맛은
당신에게 맡기오

봄

경칩이 몸을 풀자 산 것들은 일제히

옹알이하는 가지마다 봉오리 몽실거려

누구든 날 건드려만 봐 화르르 꽃물 쏟지

아딧줄

널 보는 내 감정은 이리저리 쏠려서 바람 든 풍선
처럼 그리움만 빛난다
　탄성의 한계점 지나 나래 치는 널 향해

외줄을 그어내어 하늘에 놓은 다리 중심을 잡고 걸
어도 곡예하듯 흔들리는 길
　바람도 호흡 멈추고 한순간 경악한다

흔들린 분홍 시간 제자리를 잡았어도 빗소리에 풀
어지는 여운 있어 좋은 날
　마흔에 눈길을 맞춘 너는 나의 아딧줄

봄, 귀향

겨울을 지고 군에 간
아들이 돌아왔을 때

뒤따라온 늦눈이
비척비척 힘을 잃고

앞마당 기운 달빛에
산수유 설핏 핀다

초승달

깜깜한 밤하늘에 잇몸 드러내지 않고도

머리 없는 꼬리 두 개
경쟁하듯 올라간다

속마음
죄다 주고도
생긋이 웃고 있네요

눈과 비

하늘나라 아버지께서는 동장군이 무서워
식사를 하시다가 손을 벌벌 떠신다
밥알이 쏟아져 내린다
우린 밥을 눈이라 부른다

하늘나라 아버지께서는 비만이 더 무서워
헬스를 하시는지 땀 뻘뻘 흘리신다
땀방울 주룩주룩 내린다
우린 땀을 비라 부른다

망초꽃

바람에 몸 맡긴 듯 춤추는 계란꽃

한들한들 연약한 듯 수줍은 듯 보여도

농부의 힘줄보다도 더 질긴 백색 근성

우리 사이

우연을 가장한 필연 아니었을까
인생이란 긴 여로에 정으로 장을 담아

맛 들면 나누어 먹는
장맛 아니었을까

말이 간지러운 몸짓 아니었을까
밀어 올린 가는 꽃대 실바람의 음표같이

단비로 건반 두들기는
강아지풀 아니었을까

부딪히면 깎이는 조약돌 아니었을까
파도에 몸 맡겨둔 각을 버린 몽돌같이

달빛에 반짝거리는
윤슬 아니었을까

장단 맞춰 펼쳐지는 노랫가락 아니었을까
서릿발 겨울에도 밟으면 더 강해지는

청보리 물결 같은 그런,
초록 사랑 아니었을까

나락

사랑이 그리운 나무가

울컥, 얼굴 붉힙니다

바람만 스쳐도 짜릿한 전율이듯

이내 몸 그대 사랑에 물들고 싶습니다

누군가 황금 비늘 반짝이는 마흔 즈음

와락, 물든 그리움

바람이 흔든다면

이제 나 남은 체온으로 꽃등을 밝힙니다

왈칵, 휘감아 도는 나의 텅 빈 바람 한 자락

영혼을 키질하는 귓불의 입김으로

이 한밤 그대 품으로 떨어지고 싶습니다

J···

살아온 세월만큼

아픔도 컸겠다

가끔 돌아보는 밀알 같은 시간들

흘러서 새살이 돋고

반딧불이 되고

그립다가 지친 밤은

달빛이 돌에 옮고

심장에 쏜 메시지 큐피드 화살 되어

끝내는

　　　　일

　　어

　　서

는

갈대

넌출대는 휘파람

겨울 산

누가 저 산등에 적막의 살*을 꽂아

홍안으로 타든 날 하얀 신열 앓게 하는가

동안거 깊은 수심에 파릇 돋을 연둣빛

* 앞의 시 「몸살」에서 인용.

4부

때맞춰 비가 오고
볕순도 살이 올라

kit 북 카페*에 가면

세월을 볶는 향이 연인처럼 맞아준다

소란한 부호들이 쉼표처럼 풀어지고

책에서 알지 못했던
여유까지 읽는다

아메리카노 진한 향을 입 안으로 굴리면

아린 시간 헹궈지고 의욕은 되살아

젊은 날 암호 같은 꿈
크레마처럼 녹아든다

* K대학교 교내 카페.

홀리페페

해삼처럼 늘어진 오후 책상 앞에 앉는다

누가 두고 갔을까 빵빵하게 부푼 정을

꽂인 양 푸름* 오름*이 봉오리로 맺혔다

* K대학교 생활관 건물명.

짬

세상일
내려놓고
포도밭으로 달려가면

청포도 소불알처럼
넝쿨 휘도록 달고

들판의 고추잠자리 여유롭게 쉬고 있다

빗소리

논밭이 갈라져 아가리 쩌억 벌릴 때

귓가에 후드득후드득 깃드는 빗소리

부처님

설법처럼 들린다

온 누리가 환하다

다시, 봄

아직 낮은 겨울 채 가시지 않은 산골에

음속으로 번져가는 겨울 표정 보셨지요

봄볕을

나눠 먹은 초목들

초초초ㅆㅆㅆ 잰걸음 칩니다

가을 발길질

나오기가 싫다며 웅크리고 있기에

도리깨로 내려쳤더니

가을에다 탁 발길질하고는

콩콩콩

나뒹굴다가

널브러진 야무진 콩

가을 앞에서

서늘한 늦골 사이로

가을이 요동친다

갈바람 한 자락에

떨어지는 가을 한 잎

드높은 삶의 무게가 꽃잎처럼 흩날린 날

단풍

봄부터 보고 싶어
잎잎이 돋아나도

격렬했던 푸른 청춘 누르며 살았는데

어쩌나
저마다 멍든 맘
벌겋게 달아오르네

팽팽하게 잡아당긴다

꽃보다 아름다운 시월의 단풍들이

불혹의 유혹처럼 온몸으로 눈부시다

골골이 내게 온 계절 이보다 좋을까

필설로 전하지 못하는

가을의 전언 앞에

놓친 내 사랑이 일순 훅 안겨 오는

가을은 헐렁한 시공을 팽팽하게 당긴다

모과

못생겨서 괄시받던 네 모습은 어디 갔니?

성형 기술 뛰어나단 말 빈말이 아니더라

너조차 동글동글 예뻐질 줄 내 미처 몰랐다

찻잔을 받든 손에

몸 푸는 찻잎들의 춤사위를 바라보면서
설익은 언행들이 찻물에 우려지고
찻잔을 받든 두 손에 경건함이 스민다

따뜻한 한 모금 차 입 안으로 흘러들어
생시의 어머님이 다향茶香처럼 피어올라
나른한 하루 일상이 코끝에 와 머문다

농사 일기

1. 귀농

농사 안 지어본 사람 말을 하지 마
툭하면 귀농한다, 발린 말은 더욱 싫어
허기진 한 생을 걸어도 농군은 될 수 없어

하늘이 먼저 알고 땀이 보답을 해
포도알 송골송골 땀방울로 익어갈 때
윤潤 잡힌 농부의 삶을 말로 다 할 수 있을까

2. 포도송이

엄마의 젖꼭지가 이보다 탐스리올까
밤하늘 별들이 이보다 아름다울까
흑진주
알알이 꿰서
누가 내게 보냈을까

손톱의 때

밭일을 갔다 오면
손톱에 흙이 낀다

때 낀 손톱은 유난히 빨리 자란다

잎눈도
손톱 자라듯 밭이 온통 푸르다

메신저

굽은 허리 펴고 서서 목 젖혀 하늘 본다
전깃줄의 새들이 맨발로 기도한다
포도가 영글어가길 새들도 바라나 보다

논밭이 하늘 높게 빌딩 숲으로 바뀌어도
씨 뿌리고 꽃 피우며 땀으로 일구시던
아버지 그 말씀 쟁쟁하다
"흙에다 뼈를 묻어라"

텃밭

이 봄볕 어디쯤에다 마음밭을 가꿀 건가

그 끝을 알 수 없는 잇속을 갈아 묻고

미명의 먼동을 빌려 새날을 빚고 싶다

때맞춰 비가 오고 볕순도 살이 올라

면발을 뽑아내듯 오지랖 넓은 잎들로

푸른 날 가꾸고 싶다

금싸라기 나의 밭

신바람 풍년

척박한 마른 땅에 씨앗을 뿌리듯이
내 시간 일도 없이 하루하루 살았어도
그을린
시간들 위로
땡볕이 훑고 간다

근심 걱정 벗어놓고 이모작 가꾸는 주말
꿈과 현실 사이에서 씨앗들이 발아할까
눌러쓴 밀짚모자 아래로 청포도가 자란다

팥죽땀 흘린 여름 포도알 나뉘 떠고
가지마다 포동포동 신바람에 익어가니
반푼수
농부의 삶도
그럭저럭 풍년이다

5부

거품까지
물고 나온다

독도

너는 부모 없는 고아가 아니다

아비가 힘이 없어 지켜주지 못할 뿐

본관은 한반도이며 막둥이 내 자식이다

황사현상

어떤 기류이기에 하늘이 이리 어둡더냐
무차별 난사에 정제되지 못한 언어들
종내는 헛기침에도 몸살 앓는 댓글들

애써 듣지 않아도 애써 보지 않아도
미세한 틈 사이로 스며드는 알갱이
인간사 부유물 같은 혼돈의

언어들!

캔맥주

대선 TV 토론회 보니 속이 부글부글 끓는다

급히 냉장고 열다가 캔맥주를 떨어뜨렸더니

이놈은 더 열 받는지

거품까지 물고 나온다

꽃

이보게!
말에 꽃이 피면
얼굴에 웃음꽃이 핀다네

그런 꼴

입 안에 널 가둬둔 건
입 닫고 살라는 경고다

네가 한번
세 치 혀를
벙긋 잘못 놀리는 날엔

온전히
믿는 도끼로 발등 찍는 꼴이다

증빙 자료

낮에는 빈둥거리는 그녀가 집을 샀다

국세청에서 소득원 증빙 자료를 요청했다 그녀는
고민 끝에 복사기에 올라앉아 여러 장 검게 복사된
A4 용지를 제출했다

나이 든 남자 세무원이 고개를 끄덕인다

눈

1.
강산이 네 손아귀에 놀아날 것 같았어도

당신들의 눈과 귀 사로잡을 것 같아도

햇살은 너의 가식을 좌시하진 않을 거다

2.
하던 일 잠시 덮고
창밖을 보세요

백옥같이 살라시며
함박눈 주시네요

바람이
훼방을 놓네요
가지마다 털고 있네요

사물놀이

꽹과리

엇모리, 자진모리 내 놈의 팔자로다
두들기고 두들겨라 전쟁 평화 상생상극
행여나 기다린 세월 가풀막 길 68년

징

징징징 울지 말고 이 강산 맥을 돌아
목 놓아 울어보라, 이산의 아픔이여
가슴엔 뜨거운 쇳물 들끓고 있지 않니?

장구

동여맨 허리가 한반도를 닮았구나
목줄 쥔 나라님들, 이 소린들 들리겠나
아리랑 아리랑고개 목이 멘다, 휴전선아

북

북녘 땅 부모 형제 어느 날을 기약할까
둥둥둥 한이 맺혀 국민청원 두드린다
얼굴도 가물거려라, 눈 감아도 환한 얼굴

붓

어둠을
밝히리라
한 획 한 획 검은 피로

세상을
바로 세우리라
혼이 깃든 일필로

죽어도
영원히 살아남을
그 말씀 남기시라

A$^+$

잠깐 꾼 꿈길에서 너를 보았어
교회탑 꼭대기에서 십자가의 길을 보고
가까이 아주 가까이 다가가길 염원했지

내가 다가가 나의 전부가 되었을 때
별자리 올려다보듯이 입 벌어진 친구들
세상이 두렵지 않아 위풍당당 뛰어들었지

하지만 성적이란 모양 빠진 전리품
여기저기 헛손질, 난바다의 자맥질이었어
다시금 환상을 버리고 이력서를 적는다

유리창 닦아요

꿀꿀한 기분이라 유리창 닦았어요

빡빡 문질러서 하늘 때도 닦았어요

닦아도 잿빛 하늘이지만 마음 창은 밝아요

꽃샘바람

"S전자, 구미 떠난대, 베트남으로 옮긴대"
처진 어깨 너머 흔들리는 눈동자들
닥쳐올 꽃샘바람에 숨죽이는 여린 꽃눈

진원지 모를 소문 회사에 파다하더니
삽시에 맹렬하게 도시 전체 휘감는다
빛났던 벽안의 눈빛 안개 속에 감금되고

코로나 거리

세상사 부질없다고 나뭇잎 떨어집니다

북적대던 도심도 밤이슬로 젖어 들고

거리는 낟알 빠진 듯 거죽만 남깁니다

곁가지 자르기

지나간 자리마다
비명 소리 요란하다

칠월의 땡볕에도 목을 치켜세우면

번번이 전지가위가
나의 목을 노린다

원가지와 곁가지의 모호한 경계에서

누구는 널브러지고
누구는 살아남고

사람도 곁가지가 있는지
남은 자만 절창이다

명금폭포鳴金瀑布[*]

너마저 시원하게
쏟아내지 못한다면
누가
세상을 향해
당당하게 외치리

해종일
저 물줄기가 끊어질 듯 이어진다

명금鳴禽 같은 소리가
아니어도 좋다
그저
세상을 향해
소리만이라도
질러다오

콸콸콸

어둠 속에서도 내리꽂는 물줄기여!

사랑이면 좋겠다

교차로에서 차량 두 대
운명처럼 부딪친다

단숨에 달려와서
서로 와락 껴안는다

남과 북
저리 눈이 먼
사랑이면 좋겠다

사랑 깊은 온도와 잠재적 층위 너머의 시

이병국 시인 · 문학평론가

1.

　보들레르는「현대 생활의 화가」라는 글에서 "현대성이
란 일시적인 것, 사라지는 것, 우연한 것이다. 그것은 예
술의 반半이다. 나머지 반은 영원한 것, 불변의 것이다"라
고 말했다. 최근의 시적 풍조는 사회적 심상지리imagined
geographies의 변화를 무/의식적으로 공유하면서 이전과는
다른 차이를 표상하는 시를 써야 한다는 강박적 수행에
갇혀있다. 이러한 시적 망탈리테mentalites는 시대정신으
로 현재를 진단하고 미래를 도모하는 중요한 가치를 이루
는 것이 사실이다. 현대성에 기반을 둔 이러한 집단적 무/

113

의식적 수행은 오늘날 시적 경향의 주도적 흐름이 되었다. 그런 이유로 일시적이고 우연한 것을 감각하는 현대시의 추구는 현재에 대한 열정으로 말미암아 현대적 삶의 정동을 전통과 유리된 것으로 간주하여 종래의 삶이 지닌 미학을 도외시할 위험을 내포하기도 한다. 보들레르가 이끈 새로움의 가치 이면에는 영원하고 불변하는 가치를 실현되지 않는 어떤 잠재된 것으로 단절시키지 않으려는 목적이 감춰져 있다. 현대의 모호한 것들이 지닌 난해함을 시적 재현을 통해 표현하고자 하는 전위적 시도는 삶으로 하여금 예술적 전위로 말미암아 불변의 가치를 일시적인 것으로 전락시키지 않도록 하겠다는 일종의 화해를 내포하고 있다. 이러한 현대시의 미학적 수행은 새로운 전통의 토대로 작용하는 한편, 당대의 복잡한 상황에 대한 시인의 사유를 수렴하고자 하는 의지의 발현인 셈이다. 그런 이유로 현대시의 양상은 과거나 전통의 거부가 아닌, 현재를 응시함으로써 새로운 미래를 꿈꾸는 방향으로 써지고 있다고 말할 수 있을 것이다.

이 지향이 가능한 것은 앞에서 이야기한 바를 토대로 말하자면, 현대시의 도저한 흐름 속에 굳건하게 자리한 영원불변의 사유 때문이다. 그러나 우리가 염두에 두어야 하는 것은 현대시의 미학적 전위는 그 자체로 새로운 것이 아니라는 사실이다. 그것은 오래된 미래처럼 반복되어 우리의 눈앞에 펼쳐져 왔다. 한국 시사詩史를 돌아보면, 이는 앞 세대의 문학적 전통을 계승하면서 그 시대의 전위에 서고자 하는 시 장르의 변천 과정에서 쉽게 찾아볼 수 있다. 그 맥락 속에서 주목해야 할 시 장르가 시조이다. 전통의 계승이라는 고전적 해석하에서 창작되고 있는 시조가 전통과 현대의 경계 위에서 자신의 영토를 분명히 하며 실존적 존재 조건이랄 수 있는 미래에의 기투企投를 미학적 층위에서 수행하고 있다는 것을 무시할 수 없다. 오히려 정형시의 제약을 스스로 감내하는 현대시조야말로 그 재현에의 실천 때문에 시인의 시적 의지를 보다 충실하게 표상하고 있다고 말할 수 있을 정도이다.

이는 예술이라는 장르가 들뢰즈가 말한 것처럼 잠재하는 것의 실재이기 때문인지도 모르겠다. 현대시나 현대시조는 모두 예술이라는 장르로 묶이며 시인의 잠재된 사유를 구조화함으로써 완결된다. 즉, 실현된 것으로서의 잠재적 가능성을 현행적인 것으로 만듦으로써 현실화한 결과물이라는 측면에서 재현에의 실천을 소급하여 바라볼 수 있게 한다. 물론 시는 현행적인 것으로 실현되었기 때문에 잠재된 것이 가진 다양한 시적 가능성은 사후적으로 구성된 것에 불과하다고 볼 수도 있다. 그러나 자신의 제약을 수용하며 이를 바탕으로 다른 가능성을 하나의 가능성으로 실현하고 해방시키는 것이야말로 미래에의 기투라는 측면에서 새로움의 가치를 추동하는 절대적 역량의 수행이 된다.

정진호 시인의 시조집『따뜻한 밥상』은 시조의 제약을 수용하며 현재적 삶을 진단하는 한편 그로부터 이어나갈 미래의 가능성을 잠재적 층위에서 재현하고 있다. 이 재현의 실천이 현행적인 것이 되도록 이끄는 힘이 무엇인지 살펴보고자 한다.

2.

정진호 시인은 '시인의 말'을 통해 자신의 현재를 적시한다. "이모작 시작하는 출발점"에 선 시인은 "다시금 가슴 뛰는 나를 찾아서/ 나래를 펼치려" 한다. 새로운 출발은 새로운 가치를 모색하고자 하는 의지이자 생활의 장소를 이동시켜 이전과는 다른 삶의 잠새성을 실현하고자 하는 수행이 된다.

오던 길 자취도 없이 쓸려 간 썰물의 시간
갯고둥은 물길 따라 점점이 원을 그린다
서늘한 어둠을 뿌려 자리 트는 별 보며

멈추지 않는 딸꾹질처럼 파도는 들썩대고
아슬히 등이 굽는 어부의 늦은 귀가 위로
눈시울 붉어진 바다가 어둑어둑 술렁인다

별빛이 날을 세워 나붓나붓 눈을 뜨면
내 안의 끊어진 돛대 수평선에 매어놓고
다 저문 시간 속으로 환청 같은 길을 낸다
　　―「길을 내다」전문

　서정적 묘사가 과거와 현재의 삶을 은유하는 이 시는 미
래로 나아가려는 시인의 정서를 분명하게 구조화하고 있
다. "어부"에 투사된 화자의 삶은 "멈추지 않는 딸꾹질처
럼" "들썩대"는 "파도"를 감당함으로써 비로소 완성되는
것이다. 그러나 이 완성이라는 말은 삶에 매듭을 짓고 끝
을 마주하는 것이라기보다는 오히려 미결된 상태로 남는
완성에 가깝다. "오던 길 자취도 없이 쓸려 간 썰물의 시
간"이라는 첫 수 초장의 문장은 과거로부터 이어진 현재
의 삶이 흔적 없이 사라진 상실의 시간을 지시하는 것이
아니다. 오히려 "썰물의 시간"을 감각하는 사후적 시선은
화자로 하여금 과거의 삶을 반추함으로써 "자리 트는 별"

을 인지하도록 이끄는 계기가 된다. 과거를 전유한 현재
란 "별빛"으로 "내 안의 끊어진 돛대 수평선에 매어놓고"
새로운 길을 상상하는 잠재태로 충만하다. 그렇기 때문에
"눈시울 붉어진 바다"의 술렁임이라는 감성적 위안을 제
시하는 이유도 짐작할 수 있겠다. "아슬히"라는 시어의 배
면에 놓인 "등이 굽는 어부"의 삶에 투사된 시인의 삶 역시
"썰물"로 지워진 시간만큼의 "서늘한 어둠"을 감당해야만
했던 데에서 비롯된 자기반영성의 맥락으로 볼 수 있다.
그러나 과거란 이미 지나간 미래로 축적된 경험의 시간만
큼 비로소 이루어낸 자리에서 구성된 것이라서 끝이 아닌
새로운 출발을 열어젖히는 도약의 계기로 보는 것이 옳다.

물론 이러한 인식을 수용한다고 해도 현실에 고착된 삶
에서 벗어날 방법이 눈앞에 펼쳐지는 것은 아니다. "저 넓
고 푸른 하늘 날고 싶어 날고 싶어"라고 빌어도 "무당벌
레"와는 달리 화자에게는 "날개"(「무당벌레」)가 태생적으
로 주이지지 않았기 때문이다. 허나 분명한 것은 '꿈을 꾸
는' 행위가 선행되지 않고서는 더 넓은 세상으로의 탈주
가 불가능하다는 사실이다. 현재의 삶은 미래의 삶의 잠
재태로 가능성을 담보하고 있지만, 그것은 생활을 지켜내
야 하는 존재론적 고독을 전유할 수밖에 없다. "누군가 나
의 등골에" 쏜 "적막의 살"(「몸살」)을 고스란히 감당하고

버텨내야만 하는 시적 주체는 무엇으로도 위로받지 못하고 그 안에서 울음을 삼켜야만 한다. 그렇기 때문에 위태로운 '난간' 위에 선 시적 주체의 욕망이 새겨진 저 공감의 지점은 "끊어진 돛대"를 매어두고 "환청 같은 길"을 내리려는 구체적 수행 속에서 가능한 우리 모두의 바람과 맞닿아 있다. 그것은 "마침표 찍"(「기호로 본 인생」)는 행위를 지연시켜 생의 다른 가능성을 꿈꾸게 한다.

사적 역사를 얼마나 객관화된 거리에서 사유할 것인지 고민해야 하는 시인은 "살아온 이력들이 세월을 넘나"(「바람의 노래」)드는 와중에 "씨앗 하나 품어보려고", "예쁜 돌 하나 다듬어보려고", "기둥 하나 세워보려고"(「그랬다」) 한다. 시인이 시적 주체의 삶을 연민하려는 기획은 의도하지 않은 방식으로 돌출되어 시를 사적 기록의 감상성에 매몰시킬 위험을 안고 있다. 이를 얼마만큼 은폐하고 능칠 수 있느냐가 중요한 문제인 셈이다. 이를 위해 정진호 시인은 앞에서 살펴보았듯이 다른 사물에 주체의 감정을 투사하는 쪽으로 돌파해 나간다. '무당벌레', '호박', '강아지풀', '몽돌', '귀뚜라미' 등의 사물들을 통해 날개를 염원하거나 꺾이지 않고 둥글게 살아가는 존재의 고운 노래와 그로부터 얻게 된 열매를 소망함으로써 시인은 관습적 사유를 환유적 진실의 맥락 속에 놓는다. 이는 삶을 살

아가는 존재를 그려내야 하는 시적 정동affect의 흐름과 감
각의 역치값을 고려함으로써 삶의 한 지점에 멈춰 숨을
고르는 행위에 닿아있다.

　　저 멀리서 숨 가쁘게
　　헐레벌떡 달려왔는데

　　무엇이 그리 바쁜지
　　깜빡깜빡 숫자를 센다

　　이젠 좀
　　에돌아가면 정말 안 될까요
　　　－「신호등」전문

　　외부 자극에 대한 최소한의 기준으로 자극의 세기를 나
티네는 역지閾値를 삼각하는 시적 주체는 저 바쁜 삶에 잠
시 잠깐의 휴지休止를 주어 숨을 고르게 하려는 시인의 절
실한 마음과 조우한다. "헐레벌떡 달려"온 이곳에서조차
"깜빡깜빡"이며 사라지는 숫자를 바라보는 시적 주체의
고단함 곁에 "이젠 좀/ 에돌아가면 정말 안 될까요"라고
말하는 시인의 목소리는 다른 누구도 아닌 우리를 향해있

다. 바삐 살아온 우리, 찰나의 신호조차 삶을 위태롭게 하는 것으로 인지하는 조급함의 존재에게 시인은 이를 "언제나 허가받지 않은 난전"으로 진술하면서도 "한 호흡 쉬어 돌면 또 면면히 이어진 길"(「길」)임을 주지시킨다. 자신의 삶을, 현재의 위치를 관조케 하도록 숨을 고를 순간을, "에돌아가"도 된다는 진실을 스스로에게, 그리고 우리에게 넌지시 알리는 것이다. 그 에돌아가는 에움길이야말로 아직 실현되지 않음으로써 자신의 잠재성을 가능성의 층위로 유보하는 한편 자신을 되돌아보게 하여 현실적인 삶 reality 너머의 실재the real를 마주 보게 이끈다.

3.

그러나 마주한 실재를 구체적인 형상으로 감각하는 것은 어려운 일이다. 이를 난해한 일이라고 할 수는 없겠으나 지극히 모호한 구석이 없잖아 있다. 시적 주체의 삶이란 시인이 일련의 시편들에서 언급하다시피 주체를 둘러싼 존재들과의 관계에 기대고 있는 측면이 강하기 때문이다. 삶은 단지 '산다'의 명사형이 아닌 것처럼 삶을 둘러싼 제반 사항은 관계의 층위에서 사유되어야만 비로소 실현가능하다. 표제작을 보자.

아내의 일상은 늘 보글보글 끓는 된장찌개

33년 대접받고도 고맙다는 말 못 했다

사는 일 버거울 때마다 일으켜 준 따뜻한 밥상

손수 지은 오곡밥에 입맛 나는 찬들로

밥상을 차린다, 정년을 눈앞에 두고

온기가 자르르 흐르는 사랑 깊은 온도로
　－「따뜻한 밥상」 전문

주지하나시피, 하나의 삶은 다른 삶과의 관계에 의해 의미를 얻는다. 「따뜻한 밥상」의 시적 주체는 "정년을 눈앞에 두고" 있다. 그 시간의 절대적 가치는 주체의 확고한 삶에 대한 의지로 충만한 것이라기보다는 그 삶을 가능하게 한 돌봄에 있다. 어쩌면 현실적인 삶 너머의 실재와의 마주침이란 주체를 둘러싼 관계의 양상을 직시하는 태도에서 비롯되는 것인지도 모르겠다. 전통적 생활의 양태를 그려내는 한편, 그것을 가능하도록 돌봄 수행을 한 동반자를 위한 헌정시에 가까운 이 시가 말하고자 하는 바는 분명하다. 이를 비판적으로 읽는다면, 사회의 변화를 저만치 밀어두고 일반적인 '가정'이란 장소에 고착된 시적 주체의 사고라고 볼 수도 있겠으나, 삶은 그 삶을 영위하는 존재 혼자서는 구성할 수 없다는 점을 간과할 수 없는 노릇이다. 이를 세계-내-존재의 층위에서 사유할 법도 하지만 굳이 거대한 담론에 기댈 필요는 없겠다. '세계'의 범주는 미시적 관계에서 출발하는 것이며 존재를 존재이도록 하는 최소한의 역치는 가족이라는 값을 갖게 마련이기 때문이다.

시의 현대성이란 현재 회자되는 소재를 가져와 풀어놓는 것이 아닌 것처럼 관계에 기반을 둔 시적 주체의 현재를 직시함으로써 그러한 현실적 삶의 논리로부터 시의 현대성을 끌어낼 수도 있을 것이다. 그러므로 이 시는 "아내의 일상"을 "정년을 눈앞에" 둔 존재의 현실적인 삶에 개입시켜 "온기가 자르르 흐르는 사랑 깊은 온도"를 감각하도록 이끄는 한편 과거부터 현재까지 이어온 삶에 실재를 부여하면서 주체라 명명된 자기 본위의 사유를 효과적으로 다시 개진하도록 요청한다. 요청된 주체의 사유로부터 포착되는 총체성을 경유하지 않고서는 또 다른 삶, 그 새로운 가능성을 모색할 수 없는 것이다.

책 읽어라, 공부해라 그래야 잘 산다
부모의 허기는 책 속에 들어있다

아득히 흔들리는 길 희망고문 당한다

침대에 껌딱지처럼 달라붙어 살고 싶다
아이의 그 말에 왠지 모를 미안함에

다잡아 강요하지 못하고 그냥 방을 나온다
　　　-「그런 마음」 전문

추월산방 통나무 창을
가웃 님은 ㄱ믐달

궁색한 방 안 가득
빈 배로 흘러와서

저릿한

어머니 생각

구붓하게 풀어낸다

　－「그믐달」 전문

　「따뜻한 밥상」이 '아내'를 경유했다면, 시집 『따뜻한 밥상』의 2부 시편들은 아버지와 어머니, 자식들을 비롯한 가족을 경유해 시적 주체의 현재를 재현한다. "책 읽어라, 공부해라 그래야 잘 산다"라는 구절에서 알 수 있듯이, 세상의 요구에 응답하기를 바라는 부모의 마음은 미래를 저당 잡혀 현재를 상실케 하는 불편함으로 말미암아 발화되지 못한다. "침대에 껌딱지처럼 달라붙어 살고 싶"은 자식의 마음처럼 잠시 쉬어도 될 터인데, 그것을 허용하기가 쉽지만은 않다. 그것은 어쩌면 "궁색한 방 안 가득/ 빈 배로 흘러"들었던 삶의 고단함이 몸에 배어있기 때문인지도 모른다. 고단한 삶의 과정 속에서 힘이 되고 위안이 되는 것은 가족이겠으나 그 가족을 둘러싼 사회 환경은 그조차 허용하지 않는다. 그 참혹한 진실이 가족을 낭만적 관계로 바라보게 하는 것인지도 모르겠다. 그럼에도 불구하고 "구붓하게 풀어"내야만 하는 것 또한 가족이다. "지게 작대기로 살아가는"것을 "고된 삶의 여정"이 아닌 "행복"(「지게 작대기」)으로 이야기하는 시인의 언술은 가족 관계를 희생의 제의

가 아닌 삶의 든든한 주춧돌로 두어 전통적 가치를 재생산하는 한편 그것을 관계의 순수성으로 옮겨놓아 결과적으로 시적 주체의 내실을 풍요롭게 하는 역할을 제공한다.

이러한 시적 태도는 어떤 면에서 시조의 사유 체계라 할 수 있는 시상의 응축과 절제, 균형의 미학에서 벗어나는 것인지도 모른다. 가족을 사유하는 시적 주체의 인식이 전통적이고 관습적인 층위에서 동일화될 뿐 차이를 낳는 미학적 수행으로 도약하지 못하는 것은 아닌가, 하는 아쉬움이 남는 것도 사실이다. 그러나 재현 대상에 대한 정동을 간과한 채 미학적 방법론을 준거로 들며 아쉬워하는 것 역시 시적 태도를 편협하게 바라보는 결과인지도 모르겠다. 사실성에 바탕을 둔 채 단성적 목소리를 내는 것도 문제지만, 난해함을 전경화한 채 해석에 기대는 것도 바람직한 방향은 아닐 것이다.

그런 점에서 시조의 당위를 어떻게 설명할 수 있을까. 그 고유한 형식으로 말미암이 고착된 정서를 현대적 의미를 지닌 위치로 옮겨놓아 새롭게 인식할 수 있도록 해야 한다는 현대시조의 책무는 기실 포기해야 하는 언어 운용으로 인해 고통을 야기할 수밖에 없다. 그러나 스타일을 모색할 수 없는 상황에서 전통적 형태의 낭만적 사유를 반복하는 경우라면 문제적인 것인지도 모른다. 그러니 전

통적 정서에 기반을 둔 채 미학적 변주를 시도하는 데에
서 비롯된 정동의 낙차를 현대시조가 얼마나 끌어안을 수
있는지가 형식과 내용을 미래에의 기투로 온전하게 안착
시킬 수 있는 주요한 관건이 되는 셈이다.

4.

내용과 형식의 문제는 어느 한쪽의 우위를 들어줄 수
없는, 해결되지 않는 오래된 갈등이다. 그 갈등을 다른 어
떤 장르보다 더 내면화하고 있는 것이 현대시조가 아닐까
생각한다. 이를 돌파하기 위한 수많은 노력이 지금 이곳
에 펼쳐지고 있다는 것을 우리는 잘 알고 있다. 정진호 시
인 역시 마찬가지이다.

빈
하늘
한 바퀴
팔랑이다 느닷없이,

가슴 언저리
파고드는

은행잎을 보셨나요

쟁여둔
사랑 하나가
시나브로 떨어질 때
　–「후유증」전문

　초장의 첫 음보를 두 개의 행으로 분절하고, 이어지는
세 개의 음보를 두 개의 행으로 처리한 이 시의 호흡은 끊
어질 듯하면서 유려하게 연결된다. 완급을 조절하는 호흡
과 그 호흡 사이로 펼쳐진 "빈/ 하늘"과 그곳을 관통하여
"느닷없이,// 가슴 언저리/ 파고드는/ 은행잎"을 바라보
며 "쟁여둔/ 사랑 하나"를 감각하는 내밀함이 시인의 웅숭
깊은 사유와 맞물린다. 그럼으로써 시인은 삶의 조급함이
라는 정서적 즉물성을 유예시킨다. 허공을 관통하여 "가
슴 언저리/ 파고드는/ 은행잎"처럼 상실의 슬픔을 결핍으
로 전환하지 않으려는 이러한 시인의 시적 태도는 절제와
균형이라는 시조 미학의 고유성을 지켜내며 형식과 내용
의 조화를 절묘하게 구축하는 이상에 가깝다. 물론 그 이
상을 추구하는 일은 어렵기 그지없겠으나 그 어려움을 감
당하는 것이야말로 시인의 책무이자 생활세계의 실재를

지켜내는 유일한 방법인지도 모르겠다.

우연을 가장한 필연 아니었을까
인생이란 긴 여로에 정으로 장을 담아

맛 들면 나누어 먹는
장맛 아니었을까

말이 간지러운 몸짓 아니었을까
밀어 올린 가는 꽃대 실바람의 음표같이

단비로 건반 두들기는
강아지풀 아니었을까

부딪히면 깎이는 조약돌 아니었을까
파도에 몸 맡겨둔 각을 버린 몽돌같이

달빛에 반짝거리는
윤슬 아니었을까

장단 맞춰 펼쳐지는 노랫가락 아니었을까
서릿발 겨울에도 밟으면 더 강해지는

청보리 물결 같은 그런,
초록 사랑 아니었을까
   ─「우리 사이」전문

　「후유증」에서 보여준 여백으로써의 호흡은 「우리 사
이」에서 유려한 비유의 문장으로 확장된다. 아름다운 시
라고 말하지 않을 수 없다. 이 시는 '우리'라는 관계를 형
상으로 사유하며 시간의 축적 속에서 다채로운 감각과 마
주하게 한다. 또한 '봄'을 노래한 다른 시편과 짝을 이루
며 고통과 고난을 겪어낸 자리에 새로이 "파릇 돋을 연둣
빛"(「겨울 산」)으로 '우리'를 나독인다. "경칩이 몸을 풀자
산 것들은 일제히/ 옹알이하는 가지마다 봉오리 몽실거
려/ 누구든 날 건드려만 봐 화르르 꽃물 쏟지"(「봄」)라고
'봄'을 사유한 것처럼 여전한 삶의 감각을 시적 주체의 시
선에 두는 한편 그것을 인연에 대한 긍정으로 전유함으로
써 삶을 충만함으로 채워 넣는다.

"인생이란 긴 여로"를 함께한 존재에 대한 감사와 사랑을 사물에 투사하여 반짝이게 하는 시적 정황은 지나간 미래로서의 과거를 반추하며 삶의 정동을 앞날로 풀어내고자 했던 1부의 시편들과 가족에 대한 애틋한 마음을 밝힌 2부의 시편을 경유했기 때문에 비로소 말할 수 있는 것이 된다. 바로 그 자리에서 시인은 자신에게 내재해 있는 잠재적인 것의 실현 가능성을 자신감에 찬 확신으로 수용하며 새로운 출발을 추동하게 된다.

물론 뜻한 대로 추구할 수 없는 것이 현실인지도 모르겠다. '가을 앞에서' 감당해야 하는 "드높은 삶의 무게"(「가을 앞에서」)처럼 "저마다 멍든 맘"(「단풍」)을 쉽게 지워낼 수 없기 때문이다. 시인의 지향성과 시적 주체의 재현적 내밀성이 포개어지는 부분에서 감지되는 삶의 전언이 마음을 무겁게 한다. 그러나 정진호 시인의 시는 시인과 시적 주체가 서로를 비추며 사적 체험을 교차하면서 삶의 긍정 쪽으로 나아간다. 다시 한번 말하지만, "인생이란 긴 여로"는 개별적 주체의 단독성에 의해 구성되는 것이 아니라 '아내'를 비롯한 '가족', 더 나아가 또 다른 타자들과의 조우를 통해 형성되는 것이기 때문이다.

나오기가 싫다며 웅크리고 있기에

도리깨로 내려쳤더니

가을에다 탁 발길질하고는

콩콩콩

나뒹굴다가

널브러진 야무진 콩
　－「가을 발길질」 전문

　자연에 투사된 일상성은 시적 주체의 삶을 조명한다.
이 시의 '콩'에는 "드높은 삶의 무게"를 감당해야 했던 시
적 주체의 현재적 삶에 대한 긍정이 함축되어 있다. 이는
회복에 대한 은유적 소망처럼도 읽힌다. 얼핏 보기엔 자
연적 존재의 예찬처럼 보이나 그 너머를 지향하는 자세는
자연을 매개로 새로운 삶의 가능성을 모색하고자 하는 데
있다. 대상에 대한 관조적 시선은 평화로운 순간을 기록
하는 데 복무함으로써 감각 주체의 생명력을 환기하며 절

제된 긴장을 유발한다. 그 긴장은 "나오기가 싫다며 웅크리고 있"는 존재의 외연을 넓히려는 시도로부터 비롯된다. "도리깨"가 폭력이 될 수 없는 것은 일종의 순리처럼 잠재적인 것을 현행적인 것으로 옮기는 계기가 되기 때문이다. 그렇게 현행된 "야무진 콩"의 가능성은 무궁하다. 그 이후의 방향은 대상을 감각하는 시인의 맑은 심성에 따라 달라질 것이 분명하겠다.

5.

5부의 시편들에는 부정적 사회현상에 대한 시인의 목소리가 분명히 드러난다. "정제되지 못한 언어"가 "인간사 부유물 같은 혼돈"(「황사현상」)을 이끌고 그것이 육화된 정치적이고 폭력적인 댓글은 "거품"(「캔맥주」)을 토해내게 한다. 이는 언어에 대한 시인의 확고한 의식에서부터 비롯된 비판의식처럼 보인다. "이보게!/ 말에 꽃이 피면/ 얼굴에 웃음꽃이 핀다네"라고 한 「꽃」이나 "세 치 혀를/ 벙긋 잘못 놀리는 날엔// 온전히/ 믿는 도끼로 발등 찍는 꼴이다"라고 한 「그런 꼴」에서처럼, 언어가 지닌 폭력성을 직시하고 이를 비판적으로 사유하는 시인의 모습은 앞의 시편들과는 분명한 차이를 보인다. 그러나 알다시피 새로운 삶은 부조리하고 부정의한 현실을 외면할 수 없도록 한다. 부조리한 현실로부터 고개 돌리고 '나'에게 주어진 것에 안주한다면 평화로운 미래에 대한 희구는 희소한, 예외적인 것으로만 남을지도 모른다. 그것은 일종의 유토피아로, 존재하지 않는 허위에 불과하다.

지나간 자리마다
비명 소리 요란하다

칠월의 땡볕에도 목을 치켜세우면

번번이 전지가위가
나의 목을 노린다

원가지와 곁가지의 모호한 경계에서

누구는 널브러지고
누구는 살아남고

사람도 곁가지가 있는지

남은 자만 절창이다

  －「곁가지 자르기」 전문

　세상의 존재는 저마다의 가치가 있지만, 그 가치를 판단하는 이는 존재의 이유를 살피지 않는다. 전체를 위한 부분의 희생을 외면한다. 거대 담론하의 미시적 존재는 위계의 "모호한 경계"에서 생존의 공포에 휩싸인다. 언제든 잘려 나가거나 널브러진 존재로 전락하리라는 두려움이 발생하는 것이다. 바우만의 표현을 빌리면, '쓰레기가 되는 삶'으로 내동댕이쳐질 폭력적 상황에 놓인 존재들의 불안이 가시화된 셈이다. 시인의 시선이 닿는 청년 실업자나 노동자들, 언어폭력에 시달리는 저 댓글들의 대상이 그러하며 정치적 상황 속에서 언제나 소수자가 되는 이들 또한 그렇다. "세상을 향해/ 당당하게 외치"(「명금폭포鳴金瀑布」)는 존재가 명금폭포만이 아니듯 목소리를 잃은 이들이 직접 발화할 수 없다면, 이를 대리하여 말해야 하는 이는 시인이 될 수밖에 없을 것이다.

　"푸른 날 가꾸고 싶다"(「텃밭」)는 바람은 사회의 제반 문제들을 외면할 수 없게 한다. "근심 걱정 벗어놓고 이모작"(「신바람 풍년」)을 가꾸기 위해서라도 문제 제기 할 수밖에 없다. '이모작'의 삶이 단순한 관념의 개진이 아니라

현실 세계에 토대를 둔 구체적인 실천 속에서 행위를 요구하기 때문이다. 현재의 삶에 안주한 상태로 내일의 삶에 닿길 소망한다면 주체의 안정과 안위는 허상에 고착될지도 모른다. 이는 어쩌면 지극히 자동화된 감각으로 소급되어 현실적 층위에서 외연을 넓히지 못하고 잠재된 것의 가능성을 부정하는 데로 나아갈 위험이 따른다.

"곁가지"로서 존재하는 사람에게 닿으려는 진정이야말로 오늘날 시의 윤리일 터이다. 사적 세계와 공적 세계가 상호 교차함으로써 시적 주체의 장소를 재구성할 때, 우리는 미래에의 기투가 수행하는 그 내밀한 가능성을 시적 공의公議의 층위와 결부해 사유할 수 있게 된다. 복잡다단한 관계와 그로부터 야기된 마음의 난반사가 저 어딘가의 빛으로 다가갈 수 있도록 꿈꾸는 데에서부터 새로움의 가치는 출발할 것이다.

그러니 '따뜻한 밥상'은 시인의 사적 경험의 재현으로 헌징 짓는 긴 옳지 않나. '따뜻한 밥상'은 "온기가 자르르 흐르는 사랑 깊은 온도"를 타자와 나누는 행위로 전유되어 시인의 사적 소망을 넘어 세계의 위안을 가능케 하는 온전한 삶의 처소가 될 것이라 믿는다. 정진호 시인이 시작하는 '이모작'을 응원하며 그 길에 "다향茶香"(「찻잔을 받든 손에」)이 가득하기를 빈다.